TEA FLOWER

TEA FLOWER

다화일여의 찻자리 꽃

일양차문화연구원 편

이른아침

꽃과 차, 그리고 인생의 여정

꽃과 차에 대한 저의 열정은 하나님을 만나 영감을 얻고, 이를 기반으로 차인들에게 긍정적인 삶의 영향을 전하고자 하는 마음입니다. 1968년 부산 현대 꽃꽂이 잎사귀회 문상림 선생님에게 꽃꽂이를 처음 배우기 시작한 이래로 꽃은 저에게 늘 크나큰 기쁨과 즐거움을 안겨주었습니다. 여기에 1976년부터 시작한 차생활이 저의 삶을 변화시키고 인격을 성숙하게 만들어 주었습니다. 이런 경험을 통해 저는 오늘도 다화일여(茶花一如)의 삶을 살아가고 있습니다.

2023년 10월, 일양차문화연구원 회원들과 (사)세계기독교차문화협회 회원들이 함께 모여 티플라워(다화) 전시회를 개최했습니다. 이 전시회에는 회원 28명이 참여하여 다양한 다화 작품들을 선보였으며, 이 전시회 작품들을 모아 이 책을 펴내게 되었습니다.

다화는 각각 독특한 방식으로 향기를 내며, 자연의 아름다움과 연결됩니다. 저는 꽃과 차를 통해 아름다움을 창조하고, 더 가치 있는 세상을 만들 수 있다고 믿습니다.

저는 다화(Tea Flower)를 통해 여백의 미와 소재의 아름다운 선을 강조하는 교

육을 해왔습니다. 그 과정에서 가르치는 저나 배우는 회원들 모두 여유와 감사, 진선미에 대한 사랑을 깨달았고, 수시로 일어나는 즐거움에 희열을 느끼곤 했습니다. 이는 꽃과 차가 인간의 정신을 순화하는 데 큰 도움이 된다는 것을 의미합니다.

꽃과 차에 대한 저의 열정은 아직 식지 않았고, 그러므로 그 여정 또한 여전히 진행형입니다. 저는 앞으로도 더 많은 이들에게 영감을 주고, 꽃과 차를 통해 더 아름다운 세상을 만들어가는 데 미력이나마 기여할 수 있기를 희망합니다. 독자들께서도 모쪼록 꽃과 차가 있는 일상, 차와 꽃이 하나로 만나는 다화일여(茶花一如)의 경험을 통해 나날이 새롭고 즐거운 삶을 누리시기를 기원합니다.

2024년 꽃의 계절 5월에
대표저자 김태연

차(Tea)와 꽃(Flower), 그 아름다운 만남

꽃이란?

하늘의 별과 지상의 꽃이 아름답다지만 '사람꽃'은 더욱 아름답다. 차와 꽃을 사랑하는 사람들이 그 주인공이다.

꽃은 흙에서 피어나고 차는 흙의 향기로 무르익는데, 이 두 가지가 우리 도자기로 옮겨질 때 가장 한국적인 작품으로 승화되며 세계적인 예술이 된다. 꽃과 차와 도자기는 한 몸이며, 따라서 찻자리에서 차 한 잔으로 목을 축이며 한 송이의 꽃을 바라볼 때 우리는 행복해지지 않을 도리가 없게 된다.

차와 꽃은 아름다움을 창조한다. 우리는 어떻게 하면 더 가치 있고 아름다운 삶과 세상을 만들어 갈 수 있을지 늘 고민하면서 살아가는데, 차와 꽃보다 더 명쾌한 답은 없다고 여겨진다.

찻자리의 꽃을 의미하는 다화(茶花, Tea Flower)는 한국화처럼 여백의 미를 중시한다. 꽃을 꽂는 이의 사상이 담겨 있어야 하고 소박한 미로 다소곳이 그 향기를 풍겨야만 한다.

찻자리의 꽃은 차와 잘 어울려 더욱 품위 있고 아름다운 분위기를 조성해 주기 때문에 단순하면서도 우아하게 느껴져야 한다.

아름다운 찻자리에 꽃이 있으면 그야말로 '금상첨화'가 이루어진다.

다화의 정신

꽃을 꽂기 전에 다도(茶道)의 정신이 필요하다. 인간이 희구하는 아름다움을 예술이라고 한다면, 다화란 인간의 정신 본질을 생동적으로 표현하는 유희와 같은 것이다. 차(茶)는 지고지순한 인간 정신을 순화하는 자리에 놓이면서 원초적인 무아의 경지를 경험케 한다. 이런 정신세계를 반영하는 꽃이 바로 다화, 찻자리 꽃이다. 우리나라 최초의 원예서로 알려진 강희안의《양화소록(養花小錄)》에는 다음과 같은 문장이 나온다.

차를 마시며 꽃을 보는 것이 상(上),

이야기하며 꽃을 보는 것은 다음,

술을 마시며 꽃을 보는 것은 하(下)이다.

한 송이 이름 없는 들꽃까지 따스한 정과 깊은 생각을 주고, 자연에 대한 높은 가치관을 부여하고자 하는 것이 다화의 정신이다.

어떤 면에서 다화는 검은 백조를 찾아가는 창조의 과정이기도 하다. 세상에서 가장 달고 향기로운 차가 단순한 기술이나 기능에 의해 만들어지는 것이 아닌 것처럼, 찻자리의 꽃은 자연에서 얻어진 것이되 자연 그대로의 것은 아니며, 분위기를 살리되 너무 화려해도 안 된다. 눈에 보이지 않아도 안 되고 눈에 너무 띄어도 안 되며 그저 소박하고 우아한 기품이 있어야만 한다.

한국의 찻자리는 아름답고 담백하다. 그리고 때로는 화려하고 풍성하다. 차의 종류에 따라 그 격식과 형식미가 다르다. 자연을 품에 안은 넓은 찻자리, 오밀조밀한 실내의 여백을 살리고 공간미를 가진 작은 찻자리의 세계를 동시에 찾아간다.

한국의 차 정신은 중정(中正)이라고 했다. 성경에서도 죄로나 우로나 치우치

지 말라고 했다. 반듯한 사람, 검소한 사람, 덕이 있는 사람이라야 차의 본질을 맛볼 수 있고, 그런 사람이라야 다화의 진정한 아름다움을 느끼고 창조할 수 있다.

다화는 여느 꽃꽂이처럼 많은 양의 꽃을 꽂으면 안 된다. 뭔가 부족한 듯 겸손하게 꽂아야 한다. 다화는 찻자리의 분위기와 고아한 정취를 위해 필요한 것일 뿐만 아니라 손님을 최고의 예로 대접하고자 하는 주인의 마음이다. 다화는 다도와 꽃을 잘 아는 사람이 표현하기가 쉽다. 다화는 자연스러움을 최고의 덕목으로 삼는데, 시각적인 즐거움을 주는 데 머무르지 않고 사색의 실마리를 제공할 수 있어야 최상이다. 이때 사색이란 다도가 추구하는 인간의 심오한 정신세계와 연관된 것이다.

다화의 기본 원칙

다화(茶花, Tea Flower)는 차와 꽃을 조화롭게 어우러지게 하는 예술이다. 단순히 꽃을 좋아하고 차를 즐기는 것을 넘어서, 찻자리 세팅에 맞는 꽃을 선택하고 계절에 따라 꽃을 꽂는 것이 중요하다.

다화의 기본 원칙은 자연스러운 소재를 선택하고, 가지의 선과 여백을 중시한다는 점이다. 야생화나 풀꽃 등의 소재를 사용하여 단아하고 세련된 느낌을 주는 것이 좋다. 계절에 맞는 꽃을 선택하여 찻자리의 분위기를 한층 더 풍부하게 해주어야 하며, 이를 위해서는 찻자리가 펼쳐질 장소, 차의 종류와 다구 등을 고려하여 꽃을 선택해야 한다.

다화는 이론보다는 실습을 통해 배우는 것이 중요하다. 계절에 맞는 꽃을 직접 선택하고 찻자리에 어울리게 꽂아보는 경험이 필요하다. 또 다양한 소재, 곧 이름 없는 야생화나 풀꽃 등 다양한 자연 소재를 사용해 자신만의 스타일을 찾아가는 것이 중요하다. 보통 사계절 꽃으로 2년 정도 수련하면 자신만의 창의력과 감각이 생긴다. 꽃을 사랑하고 차를 즐기는 마음이 있다면 누구나 다화를 즐겁게 배울 수 있다.

계절과 다화(Tea Flower)

사계절에 맞춘 다화는 한국의 차문화에서 중요한 역할을 한다. 각 계절에 맞는 아름다운 꽃들로 찻자리를 꾸미며, 계절의 변화와 자연의 아름다움을 차 한 잔에서 느낄 수 있다.

봄의 다화

초봄에 따서 만드는 햇녹차와 함께 봄을 알리는 벚꽃, 개나리, 산수유, 목련, 유채꽃 등 생동감 넘치는 꽃들로 찻자리를 꾸미는 것이 좋다. 이때 한국의 다도 정신인 중정(中正)의 마음으로 꽃을 너무 많이 사용하지 말고, 간결함과 여백을 살려 차의 정신을 표현하면 좋은 찻자리꽃이 된다.

예를 들어 목이 긴 백자 화병에 조팝, 설유화, 곱슬 가지의 선들을 이용해서 자연의 여백을 그대로 찻자리에 표현할 때 봄의 정취를 한껏 만끽하면서 차를 즐길 수 있다.

여름의 다화

여름에 꽂는 다화는 시원한 느낌을 주는 꽃과 찻자리 세팅이 되어야 한다. 특히 다양한 유리 화병을 선택하고 여름의 대표적인 꽃인 금계국, 향등골, 하이페리쿰, 크레마티스, 펜타스, 천일홍 등을 사용하고 소재로는 조팝나무, 강아지풀, 밤안개, 스마일락스 등을 간결하고 시원한 느낌이 들게 꽂아야 한다. 여름철 찻자리 세팅에는 테이블크로스, 매트, 러너 등을 계절에 맞게 선택하는 것도 중요하다. 사용하는 차는 얼음을 넣은 냉녹차, 말차, 연차 등이 좋다. 여름날의 멋진 다화 세팅은 시원한 느낌을 주는 꽃과 찻잔, 그리고 차로 마음까지 시원하게 해 준다.

가을의 다화

추수의 계절 가을에는 다화의 소재도 풍족하다. 그래서 가을 다화를 할 때면 마음부터 설렌다. 때로는 가을의 향기를 마음껏 표현하고 싶어져 한없는 욕심이 들어가기도 한다. 색상이 다양한 코스모스, 작은 맨드라미, 소국화, 망개넝쿨, 까치밥 등을 비롯하여 단풍잎과 낙엽 가지들의 오색찬란한 소재들이 우리를 유혹한다. 더러는 온통 단풍잎으로 찻자리를 덮을 수도 있다. 하지만 그래서는 안 된다. 다화는 찻자리를 살짝 빛내주려고 하는 것이지 찻자리를 압도해서는 안 된다. 다화는 절제하며 꽃을 사용하는 것이 미덕이다. 예컨대 평소 우리 주변의 대나무, 기왓장, 소쿠리들을 간직했다가 화병으로 사용하면 향수를 자아내는 좋은 소재가 된다.

작은 옹기에 자신의 몸을 태우는 단풍나무 가지 하나를 길게 늘여놓고 노랑소국으로 꽃을 꽂아보면 이보다 더 좋은 친구가 없다. 또는 작은 고가구 문짝, 갈색 바구니 등을 활용하여 청량한 가을 느낌을 표현할 수도 있다. 가을 다화는 깊은 사색에 잠기게 하는 자연의 섭리를 보여줌으로써 찻자리가 더욱 빛나게 된다.

집 안 식탁 위에 담쟁이 넝쿨이나 남천 열매가 있는 소재를 사용하여 가족들의 화목함을 느끼게 할 수도 있다. 풍성함을 주는 가을 소재로 깊이 있는 찻자리를 구성할 수 있다.

겨울의 다화

따뜻한 느낌을 주는 소재와 꽃들이 우리의 마음을 따뜻하게 한다. 천일홍, 청초해 보이는 수선화, 범부채, 튤립, 아게라텀 같은 꽃들이 찻자리에 잘 어울린다. 따스한 태양과 같은 해바라기 한 송이로 누군가를 기다리는 느낌을 표현할 수도 있다.

신년맞이 찻상에는 입학다완에 말차 한 잔이 좋은데, 그 옆에 소나무 소재와 솔나리꽃으로 새해의 새 희망을 표현하면 더없이 아름다운 찻자리 꽃이 된다.

겨울에 엔틱가구나 오래되고 고풍스러운 화기들을 사용하면 한국적인 정서가 잘 나타난다. 눈이 내리는 듯한 설유화 소재도 겨울철 다화로 한몫한다. 한겨울에는 붉은 꽃들이 더욱 아름답고 따뜻한 느낌을 준다. 따뜻한 홍차를 마시면서 꽃을 바라볼 때, 혹은 고향에 대한 그리움을 생각하면서 동백꽃 가지로 찻자리를 꾸미고 말차 한 잔을 곁들이면 더없이 멋진 찻자리가 된다. 겨울에 찻자리를 표현할 때는 따뜻한 소품과 소재를 사용하는 것이 좋다.

The Elegance of Tea and Flowers:
A Refined Fusion

The Essence of Blossoms

While the heavens' stars and earthly blooms hold undeniable allure, it is the "human flower" that encapsulates true beauty. Those ensnared by the enchanting dance of tea and petals assume the mantle of connoisseurs. Flowers, emerging from the soil, and tea, ripening amidst earth's fragrant embrace, undergo a transcendent metamorphosis when transposed onto our earthenware, ascending into the quintessence of Korean artistry, and achieving global acclaim as an art form. The symbiotic relationship between flowers, tea, and pottery culminates in an ineffable sense of bliss, as one indulges in a solitary cup amidst the serenity of a single bloom.

Tea and blossoms serve as alchemists of aesthetics, offering profound testament to the eternal pursuit of a more profound and refined existence. In this pursuit, the union of tea and flowers is heralded as an epitome of elegance, transcending mere words.

The Symbolism of Tea Flowers

Defined as "Dahwa"(茶花, Tea Flower), symbolizing floral grace within tea settings, these arrangements epitomize the ethos of Korean aesthetics, emphasizing the art of spatial minimalism. Embedded within is the arranger's ethos, while a modest fragrance gently perfumes the ambiance.

The Quintessence of Dahwa

Before flowers grace the teatime, one must imbibe the essence of "Dado"(茶道, Tea Ceremony), or the spirit of tea ceremony. If art is the manifestation of human beauty, then Dahwa embodies a whimsical expression that breathes life into the essence of the human spirit. Tea, an elixir purifying the human psyche, graces the ceremonial space, affording a glimpse of falling into the state of trance. Reflecting this ethereal realm is Dahwa, the floral essence of the tea table. The seminal work "Yanghwasorok"(養花小錄) penned by Kang Hee-an, esteemed as Korean foremost horticulturist, resonates with the following passage:

"Savoring tea amidst blossoms elevates one to the zenith,

Engaging in discourse amidst blossoms follows suit,

Indulging in spirits amidst blossoms descends to the nadir."

Even the humblest of wildflowers imbue warmth and profundity, aspiring to instill a profound reverence for nature. In a way, Dahwa reflects the pursuit of creation akin to the search for a rare black swan. Much like the most exquisite and fragrant tea is not merely a product of technique or functionality, the floral arrangements adorning a tea table are not mere products of nature; they must delicately preserve the ambiance without overshadowing it. Striking a delicate balance between subtlety and elegance, they must exude a modest yet refined charm.

Korean tea tables are exemplars of simplicity and elegance, occasionally punctuated by opulence and abundance. The sense of formality varies depending on the type of tea, encompassing both the expansive embrace of nature at large and the intimate confines of compact indoor tea settings.

The ethos of Korean tea culture is epitomized by the concept of "Jung-jeong"(中正), advocating for being perfectly balance not being biased or partial, "not turning aside to the right or to the left" as articulated in the Bible. Only those embodying rectitude, modesty, and virtue can discern the true essence of tea, appreciating the sublime beauty of Dahwa. It is a testament to the host's reverence for their guests, striving to present them with the quintessence of hospitality. Dahwa finds its most eloquent expression in the hands of those conversant with the nuances of both tea and flowers. Revering naturalness as the supreme virtue, it transcends mere visual gratification, proffering a pathway to contemplation intertwined with the profound spiritual realms extolled by tea culture.

The Fundamental Principles of Dahwa

Dahwa(茶花, Tea Flower) represents an art form harmonizing the aesthetic realms of tea and flowers. Beyond a mere appreciation of blooms and brews, it necessitates a discerning selection of flowers befitting the tea table setting, resonating with the rhythms of the seasons.

The basic principle of Dahwa is to choose natural materials and to focus on the lines and margins of the branches. It's a good idea to use materials such as wildflowers or flowers to give it an elegant and sophisticated look. It is necessary to choose flowers that are suitable for the season to enrich the atmosphere of the

tea party, and for this, it is necessary to choose flowers in consideration of the place where the tea party will be held, the type of tea, and the tea utensils. It is important to learn through practice rather than theory. You need to choose the flowers that are suitable for the season and place them on the tea table. It's also important to use a variety of materials, such as nameless wildflowers and flowers, to find your own style. Usually, if you practice with seasonal flowers for about two years, you will develop your own creativity and senses. Anyone who loves flowers and enjoys tea can enjoy learning Dahwa.

Great Variation of Dahwa(Tea Flower) in Each Season

Tailored to the cadence of each season, Dahwa assumes a pivotal role in Korean tea culture, adorning the tea table with a cornucopia of blooms that herald the seasonal transitions and celebrate nature's splendor.

in Spring

Along with the green tea picked in early spring, it is a good idea to decorate the tea table with vibrant flowers such as cherry blossoms, forsythia, cornus officinalis magnolias, and canola flowers that herald spring. Adhering to the spirit of "Jung-jeong," it is advised to exercise restraint in floral abundance, allowing simplicity and spatial harmony to articulate the essence of tea. For instance, arranging branches of cherry blossoms, cornus officinalis, and willow in an elongated white porcelain vase evokes the quintessence of spring, providing a sublime backdrop for tea enjoyment.

in Summer

Tea flowers in Summer evoke a sense of coolness with its selection of refreshing blooms and tea table settings. Glass vessels serve as ideal receptacles for an array of summer flowers such as golden-waves, triparted-leaf eupatorium, evening primroses, hydrangeas, clematis, pentas, and lilies. Incorporating elements like willow branches, setaria viridis, evening mist, and Smilax imbues the arrangement with a refreshing simplicity. Prudent selection of tablecloths, mats, and runners tailored to the summer season further enhances the tea table ambiance. Cold green tea, barley tea, or lotus leaf tea infused with ice complement the summer

setting, offering a refreshing respite from the heat. A well-appointed summer Dahwa setting, replete with cool blooms and refreshing tea, invigorates both body and soul.

in Autumn

In autumn, the harvest season, there is also an abundance of materials for tea flowers, making it a veritable treasure trove for Dahwa enthusiasts. Embracing the art of autumn Dahwa, one can be imbued with a sense of exhilaration, occasionally bordering on insatiable desire to fully encapsulate the essence of the

season. An array of hues, ranging from the vivid cosmos, miniature marigolds, red spider lilies, wild grapes, and Japanese silver grass to the resplendent foliage and variegated branches, beckons with irresistible allure. Some may opt to blanket the tea table with a tapestry of autumn leaves, yet moderation is key. Dahwa necessitates a judicious approach, preserving the integrity of the tea table without overpowering it. Drawing inspiration from commonplace materials like bamboo, chrysanthemums, and bittersweet, repurposed as floral accents, evokes nostalgia and a sense of timelessness. A solitary branch of maple leaves, elegantly suspended in a small earthenware vessel, adorned with delicate red spider lilies, epitomizes the essence of autumn Dahwa. Alternatively, incorporating small antiques or brown baskets imparts a rustic charm, infusing the tea table with the quintessence of autumnal contemplation.

in Winter

Materials and blooms imbued with a warm aesthetic envelop one's senses with a cocoon of comfort. Camellias, delicate snowdrops, ethereal plum blossoms, tulips, and ageratums find their rightful place amidst the winter tableau. A single sunflower, radiant as the sun itself, evokes a sense of anticipation, symbolizing new beginnings. A New Year's tea ceremony, accompanied by a cup of powdered green tea, finds its ideal complement in pine branches and winter daphne flowers, heralding the dawn of a new year replete with boundless promise. The inclusion of antique furniture or weathered pottery in winter settings underscores the quintessentially Korean sentiment. Snowdrop flowers, reminiscent of gently falling snowflakes, offer a touch of enchantment to winter Dahwa. Red blossoms, imbued with warmth, offer solace amid the winter chill. As one savors a steaming cup of black tea, gazing upon branches of camellias while reminiscing about home, the tea table transforms into a haven of tranquility. In winter, opt for warm props and materials to evoke a sense of coziness and comfort.

TEA FLOWER

출품자(가나다 順)

달빛차회

Tea Flolist 김경숙

정원에서
차 한잔

Tea Flolist 김경숙

영원한 생명

 Tea Flolist 김경숙

세월의 흔적

Tea Flolist 김공녀

온유한 자는
복이 있나니…

 Tea Flolist 김공녀

들에 핀
꽃들의 손짓

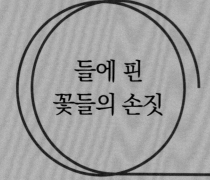

Tea Flolist 김공녀

흙과 백

Tea Flolist 김늠이

쉼

 Tea Flolist 김늠이

낙엽이
지는 소리

Tea Flolist 김늠이

사랑의 열매

Tea Flolist 김애란

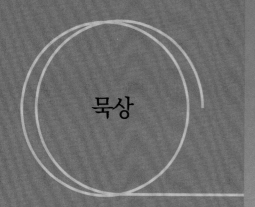

묵상

Tea Flolist 김애란

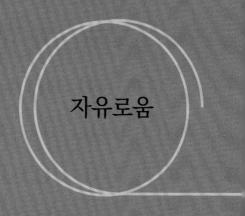

자유로움

Tea Flolist 김애란

희망의 날개

Tea Flolist 김영미

차향기로
즐거운 대화

Tea Flolist 김영미

기쁨

 Tea Flolist 김유미

내 이웃을
사랑하라

Tea Flolist 김유미

고향의 봄

Tea Flolist 김점순

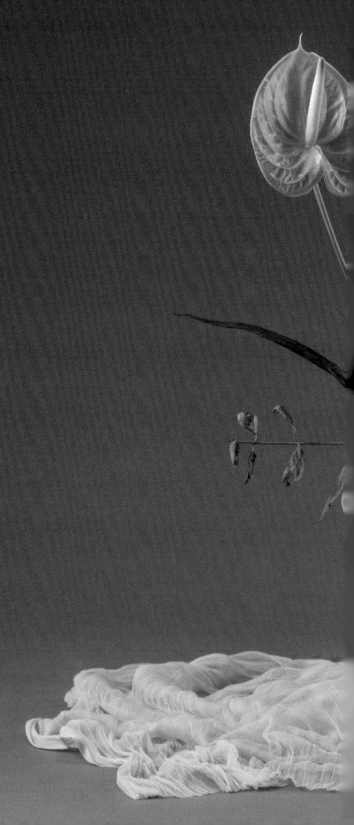

보고 싶은
얼굴

Tea Flolist 김점순

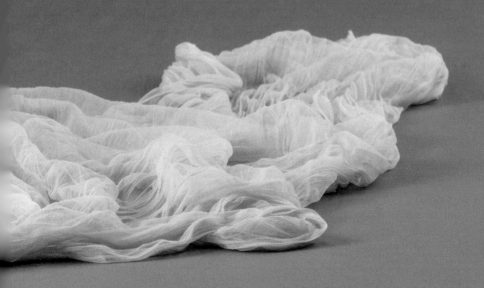

KIM JEOM SOON

종갓집

Tea Flolist 김점순

추수감사

Maestro 김태연 원장

환희

Maestro 김태연 원장

KIM TAE YEON

무제

Maestro 김태연 원장

십자가사랑

 Maestro 김태연 원장

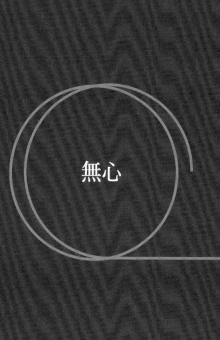

無心

Maestro 김태연 원장

KIM TAE YFON

물가에서

 Maestro 김태연 원장

아름다운
여인

 Tea Flolist 노현옥

일편단심

Tea Flolist 노현옥

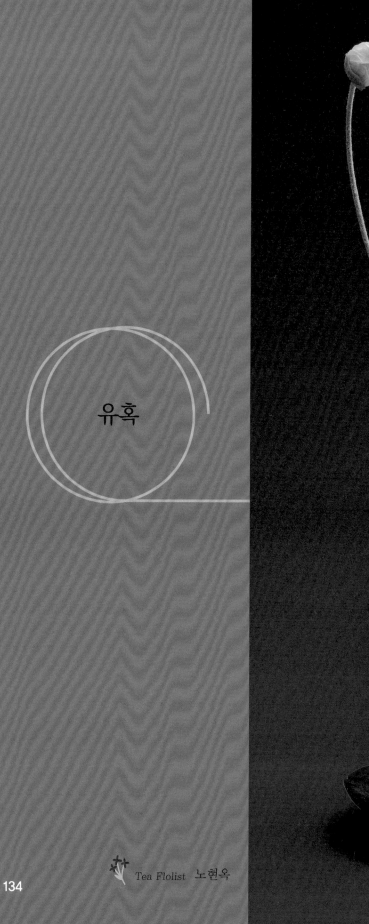

유혹

Tea Flolist 노현옥

茶禪一味
다선일미

Tea Flolist 배선희

오늘보다
내일을 향해

Tea Flolist 배선희

생수의 강

Tea Flolist 배선희

석양이
질 때

 Tea Flolist 송양희

잠깐
쉬어가자

Tea Flolist 송양희

157

차와 맺은
인연

Tea Flolist 심선자

사랑의
메아리

Tea Flolist 심선자

봄의 왈츠

 Tea Flolist 심선자

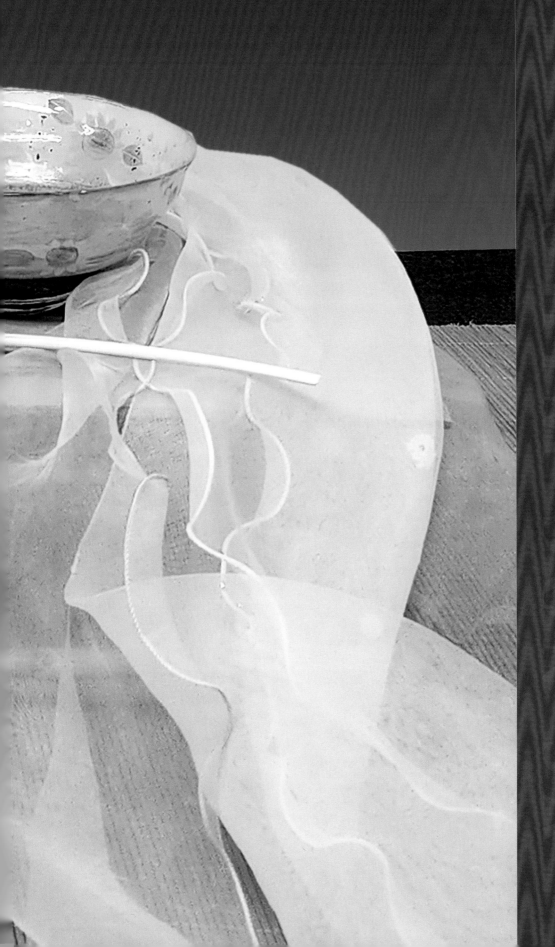

나의 소망

Tea Flolist 안미현

Tea Flolist

AN MI HYEON

시골처녀

Tea Flolist 안미현

나의
뜰 안에서

Tea Flolist 양계순

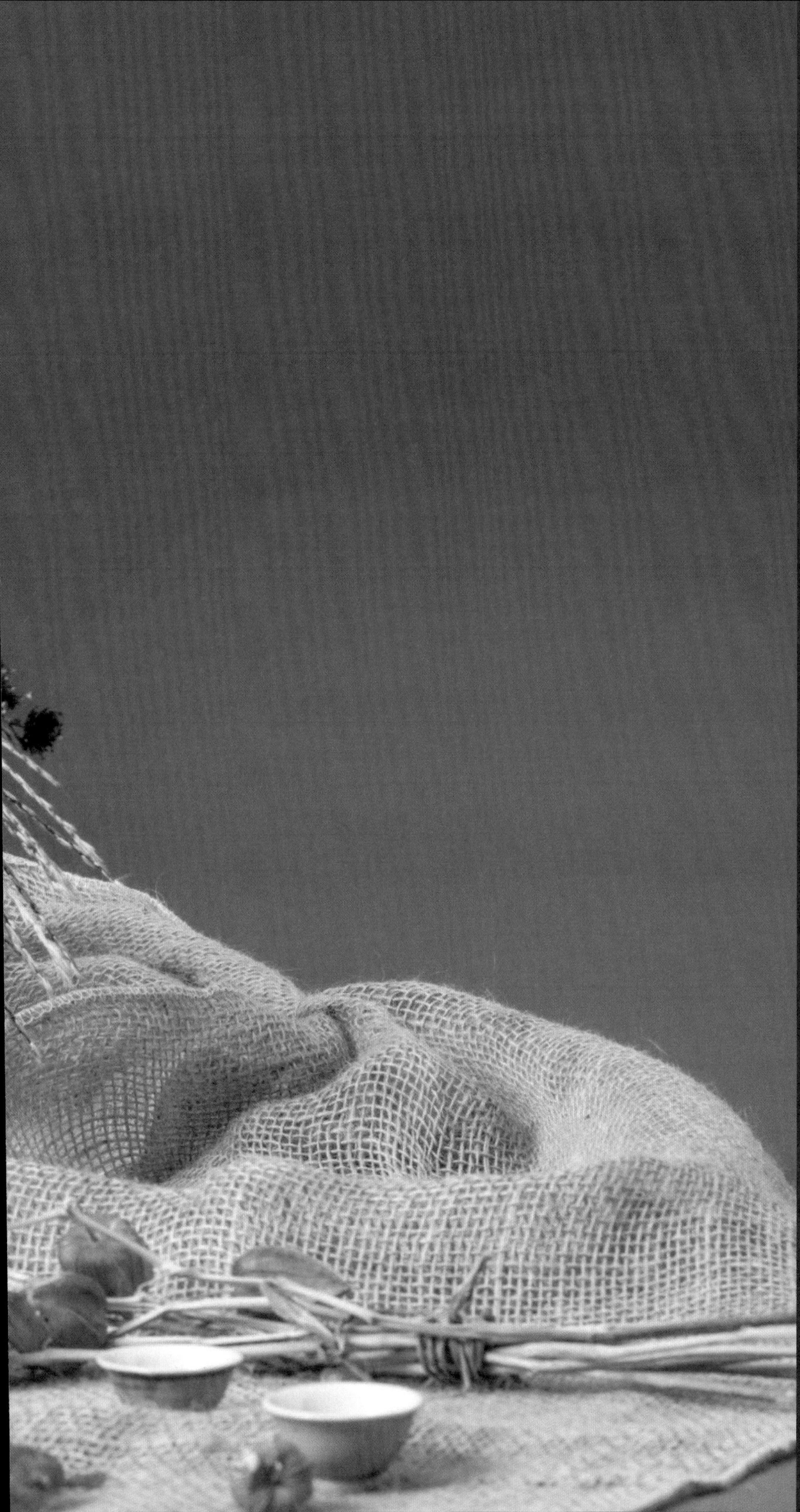

Tea Flolist

YANG GYE SOON

성찬

Tea Flolist 양계순

힘과 질서

 Tea Flolist 윤희경

새해 아침

Tea Flolist 윤희경

행복한 나들이

Tea Flolist 이난희

내 마음을
드립니다

Tea Flolist 이난희

내 인생에
가을이 오면

Tea Flolist 이수정

대가족

Tea Flolist 이수정

목 마른 자는
내게로 오라

Tea Flolist 이수희

Tea Flolist LEE SOO HEE

213

희망의 꿈

Tea Flolist 이수희

영혼의 소리

Tea Flolist 이수희

겨울로 가는
길목에서

 Tea Flolist 이영애

다화일여

Tea Flolist 이영애

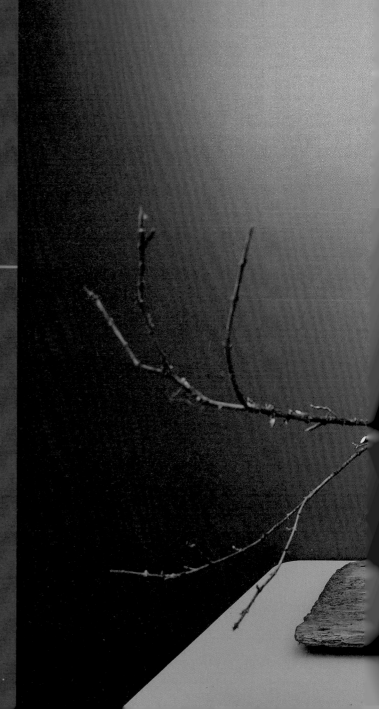

마음을
전하다

Tea Flolist 이영애

LEE YOUNG AE

섬김

 Tea Flolist 이유랑

가을에 만난
친구에게

Tea Flolist 이유랑

241

목마름

Tea Flolist 이유랑

해질 무렵

Tea Flolist 이정아

어둠에서
빛으로

Tea Flolist 이정아

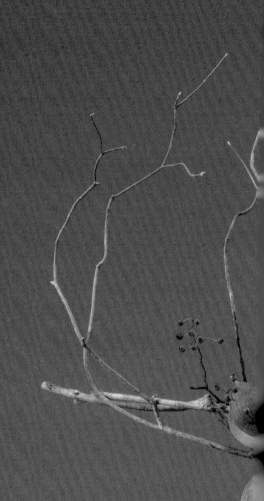

기다림

 Tea Flolist 장관호

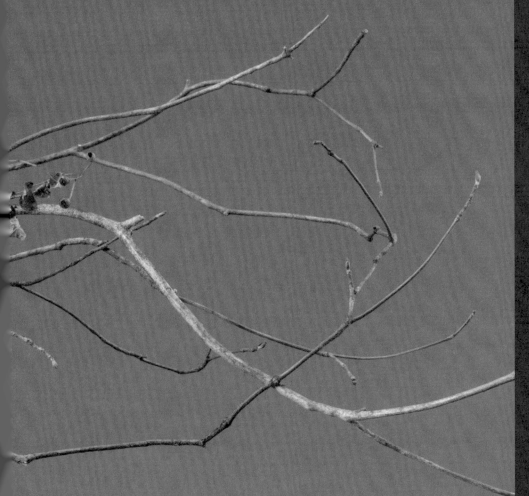

茶心
다심

Tea Flolist 장관호

Tea Flolist JANG KWANHO

사랑을
담아봅니다

Tea Flolist 장관호

즐거운 만남

Tea Flolist 전선민

Tea Floist JEON SUN MIN

낙엽소리

Tea Flolist 전선민

영원한 사랑

Tea Flolist 전선민

모닥불

Tea Flolist 정선화

겨울 연가

Tea Flolist 정선화

가슴이
뜨거워진다

나의 삶

Tea Flolist 정애연

겸손한 용기

Tea Flolist 정애연

자연의 이치를
깨달음

 Tea Flolist 최송자

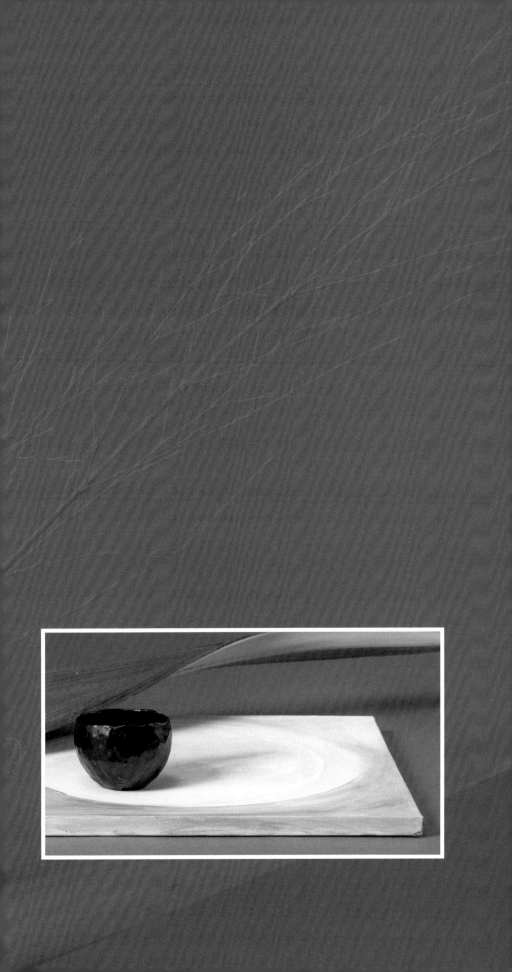

삶의 여정

Tea Flolist 최송자

새벽이슬

Tea Flolist 최송자

동행

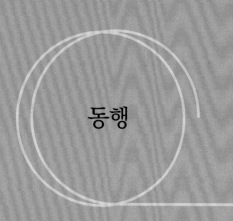

🌿 Tea Flolist 최향옥

다향만리

Tea Flolist 최향옥

넓은
세상으로

침묵의 소리

Tea Flolist 한애란

꽃바람

 Tea Flolist 한애란

색, 향, 미

Tea Flolist 현지수

순결

Tea Flolist 현지수

눈빛으로

 Tea Flolist 현지수

회　장

일양차문화연구원 회장
(사)세계기독교차문화협회 회장
문화유산 국민신탁 이사
해외 한민족교육진흥회 이사
2007년 올해의 차인상 (사단법인 한국차인연합회)
기독교대한성결교회 서울제일교회 장로

박 천 현

지도교수

일양차문화연구원 교육원장
(사)세계기독교차문화협회 교육원장
(사)한국차인연합회 지도고문
다화, 창작다례, 찻자리 연구가
2001년 제1회올해의 차인상 (사단법인 한국차인연합회)
2007년 초의상 수상

김 태 연

참여 Tea Flolist (가나다 順)

김경숙
가현차회

김공녀
가덕향다례원

김늠이
밀양다향원

김애란
백제차연구회

김영미
한설차연구회

김유미
(사)세계기독교차문화협회

김점순
(사)세계기독교차문화협회

노현옥
일양차문화연구원

배선희
예인다례원

송양희
준혜헌

심선자
예향다례원

안미현
대성옻칠공방

양계순
(사)세계기독교차문화협회

윤희경
일양차문화연구원

이난희
소정다례원

이수정
(사)세계기독교차문화협회

이수희
(사)세계기독교차문화협회

이영애
예지차회

이유랑
유랑다례원

이정아
예정다도교육원

장관호
관호정차회

전선민
아정차회

정선화
다연다례원

정애연
(사)세계기독교차문화협회

최송자
아리랑차문화원

최향옥
통영차문화원

한애란
명연예다원

현지수
여원

문태규
기획실장

일양차문화연구원 발간 도서

다화

(2008)

한국의 아름다운 찻자리 1, 2

(2009, 2013)

한국의 새로운 행다례25

(박천현 공저, 2010)

한국의 근현대 차인열전

(2012)

사계절 다화

(2015)

사계절 티테이블 세팅

(2015)

The Tea Room

(2020)

한중일 말차 문화

(한애란 공저, 2024)

중국 발간 도서 ————————————————

다석파설 茶席摆设

(2017)

다도삽화 茶道插花

(2017)

다실진설 茶室陈设

(2019)

다도 茶道

(2021)

TEA FLOWER
다화일여의 찻자리 꽃

초판 1쇄 발행 2024년 5월 25일

지 은 이   일양차문화연구원 ⓒ 2024

펴 낸 이   김환기
펴 낸 곳   도서출판 이른아침
주   소   경기도 고양시 덕양구 삼원로 63 고양아크비즈 927호
전   화   031-908-7995
팩   스   070-4758-0887
등   록   2003년 9월 30일 제313-2003-00324호
이 메 일   booksorie@naver.com

ISBN 978-89-6745-157-8 (03810)

값 49,000원